싸리꽃

사임당 시인선 ㉒
싸리꽃

초판인쇄 | 2020년 9월 25일
초판발행 | 2020년 9월 30일

지 은 이 | 현미숙
편집주간 | 배재경
펴 낸 이 | 배재도
펴 낸 곳 | 도서출판 작가마을
등   록 | 2002년 8월 29일제 2002-000012호
주   소 | 부산광역시 중구 대청로 141번길 15-1 대륙빌딩 301호
       T. 051248-4145, 2598 F. 051248-0723 E. seepoet@hanmail.net

ISBN 979-11-5606-157-1 03810   정가 10,000원

※ 이 도서의 국립중앙도서관 출판예정도서목록CIP은 서지정보유통지원시스템 홈페이지
   (http://seoji.nl.go.kr)와 국가자료공동목록시스템(http://www.nl.go.kr/kolisnet)에서
   이용하실 수 있습니다. (CIP제어번호 : CIP2020039975)

※ 이 책의 무단전재 및 복제행위는 저작권법에 의거, 처벌의 대상이 됩니다.

※ 본 도서는 2020년 강원도 강원문화재단의 지원을 받았습니다.

사임당 시인선 ㉒

싸리꽃

현미숙 시집

도서출판
작가마을

자서

숨처럼 시들이 나를 따라다녔다

숲에서
강가에서
바닷가에서
꿈결에서
어느 날
그 숨들이 내게로 와 시가 되었다.

작가가 되리란 어릴 적 막연한 꿈이
오늘 이루어졌다.

2020. 가을

사임당 시인선 ㉒

현미숙 시집

자서

제1부
싸리꽃

Contents

Contents

싸리꽃

Contents

싸리꽃

싸리꽃

●

현미숙 시집

제1부

싸
리
꽃

다래

산에서 아버지 목소리가 들린다

떨어진 도토리 사이에 숨어있는
초록 다래를 줍는다

어린 시절
버섯 가득한 자루를 지고
산에서 내려오던 아버지의
종댕이 속 초록 다래

내 아버지 허리에 머리를 묻으면
온 몸으로 퍼지던 달큰한 향

오늘 소이산에서 주운 산을 품은 다래에서
자꾸만 아버지 목소리가 들린다

"많이 먹으면 혓바닥 갈라진다."

사과 꽃이 필 때

꽃들이 만세를 부릅니다
숲에 숨어 피던
복수초 보란 듯
대놓고 여기저기서 아우성입니다

아버지,
당신 계신 곳도 꽃들이 피었나요
아랫집 이주일씨 와는 소주 한 잔 하셨나요

아버지,
사과 꽃이 하얗게 피었습니다

당신이야
꽃을 따 좋은 열매 키우고 싶으시겠지만
희고도 푸른 저 꽃은
내 결혼 전 날
아무도 모르게 고개 돌려 흘리시던
당신 눈물입니다

아버지,
아침이슬에 사과 꽃이 살그락거립니다
꽃 따러간 딸에게
사과나무 잔가지로 두꺼운 구들 돌
데워 양념 돼지고기 구워주시던
그 따뜻한 당신이
너무도 그립습니다

아버지,
무엇도 당신의 구들장 대신 하지 못해
오늘은 크고 단단한
사과나무 한 그루
마음에 심었습니다.

싸리꽃

보라꽃이 무언가 자세히 들여다봅니다
어디선가 본 듯
아스라한 기억 속에서
아버지가 대답합니다

"싸리 꺾어다 말려 두었다
겨울에 틀어서
종댕이도 만들고 삼태기 빗자루도
만들어야지
얘들아 얼른 날라라"

그렇게 싸리나무는 아버지 겨울 일이었지요.
화롯가에 앉아 겨우내 만들던 아버지 표
씨앗 뿌리던 종댕이, 소 키우던 삼태기
싸리비는 우리 집 마당 청소부였지요

한참을 들여다보니
아버지가 보라색 싸리꽃 속에서 웃고 있습니다.

*18

그 곳 고향

엄마가 있을 줄 알았지
햇살같이 환하게 웃으며
쑥이랑 냉이 캐서 된장국 끓여주던

서걱서걱 신김치에
많이 먹으라고 쫓아 다니던
엄마가 오늘도 있을 줄 알았지

길가 벚꽃은 흐드러지게 피고
개울물도 반짝이며 잘도 흐르는데

쑥국쑥국 나를 따라다니던 산새
엄마 없다 엄마 없다
파란하늘 향해 울어댄다.

엄마의 밭

깨를 심고
옥수수를 심고
고추를 심던 노모는
발이 저릴 때마다
무릎이 아플 때마다
마을 어귀 차 소리에
귀를 기울였겠지

풀썩이는 흙먼지에
마른기침이 나고
고구마 한 고랑
옥수수 한 포기 심을 때마다
자꾸만 자꾸만
엄마가 나를 따라 다닌다

그렇게 나 있을 때
좀 돌아보지
바람에 구름 한 자락
몰려와 해를 가린다

노모가 갈퀴 같은 손으로 돌보던
밭에 옥수수를 심는다.

엄마 꽃이 피었습니다

지난겨울 하늘로 간 엄마가
겨우내 눈물짓던
막내딸 모습을 보셨나 봐요

이른 봄
찬바람이 가시기도 전
노랑노랑 민들레로 오셨답니다

여기 있다. 여기 있다
나, 여기 있다

혹여나 막내딸 못 알아 볼까봐
발자국 자국마다
노랗게 노랗게 피었답니다.

*22

집

늘 저수지며 집이며 사무실을 지으러 다니는
내 아버지는 공사판 소장
바람이 숭숭 들어오는 집수리라도 할라치면
난 집안에 화장실 넣고 거실 크게 만들어
우리 식구들 깔깔 대는 그런 집 지을란다
방안 자리끼가 꽁꽁 어는
그 집에서도 우리는 춥지 않았다
새 집을 짓고
큰 거실에서 윷놀이, 팔씨름, 고스톱
마당에선 장작패기 모두들 그렇게 깔깔댔지만
그 집에서 삼년을 살고 아버지는 새집을 마련하셨다
잠깐 쉬었다 가실 집을 그렇게 평생 지으시다니
아버지의 집이 골프장 공사로 무너지던 날
우리 오남매의 가슴엔 집이 한 채씩 들어앉았다.

들깨 털기

도리깨질을 한다
휙휙 도리깨가 돌 때마다
매 맞은 깨들이 사르륵사르륵 떨어진다

한 알은 들깨 짚에 숨어있던 청개구리가 먹고
한 알은 깨잘깨잘 아기가 먹고

으샤으샤 도리깨가 넘어가면
사르륵사르륵 멍석을 채우는 깨들

여름내 흘린 땀방울만큼 깨알이 익었다
멍석을 벗어난 깨들은 오늘밤 들쥐가 먹고
내일 아침엔 철새가 먹겠지

올해도 이놈 저놈 배를 불리며
난 오늘도 타닥타닥 깨를 턴다.

*24

마당

바람도 들이고
하늘도 들이고
눈과, 비도 집에 들이는 마당

딸, 혼례식도 하고
환갑잔치도 하고

어스름이 내리면
평상에 누워

하늘 한가득 반짝이는
별을 세던 곳

이제는
전통이 되어가는 곳

경운기 사랑

길가 노랗게 줄 서있는 노란 은행나무
모닝, 싼타페, 체어맨, 아반떼, 줄 세우고
달 달 달 경운기 한 대 지나간다
할아버지 운전하는 딸딸이에
고단한 궁뎅이 차가운 쇠판에 붙인 할머니
단단히 부여잡은
손 위에 노란 스카프 매달려 있다

오늘밤엔,
그 집 창가로 따스한 달빛 스며들겠지

2015 요양원에서

내가 거기 있다

누군가의 도움 없이는
생활하기 어려운 불편한 몸으로

어쩌면 그 도움이
너무나 익숙해져 무기력해진 모습으로

내가 거기 있다

아~~

난 절대...

요양원에서 1

이제 이곳은 나의 집이다

간간이
부쩍 부쩍 정신이 들 때면
두려움이 밀려온다

온통
나와 같은 사람들이 모여
빛바랜 벽과 허공을 본다

이제 내 손주들의 재롱도
티격태격 딸년과의 말다툼도 없다

그저 고요와 적막이 나의 친구다

잠시
친절한 요양사와 봉사자들의
시끌벅적함이 지나고 나면

또 다시 빛바랜 벽이 내 곁으로 달려든다

그렇게 또 하루가 간다 내 집에서

요양원에서 2

팬티를 벗긴다
수줍고 부끄러운 할머니의 가벼운 저항을 뒤로하고

기저귀에서 지린내가 훅~~

나도 모르게, 웩하고 토악질이 올라온다

고개를 돌리고 심호흡 후에 미라씨를 보니

그녀는 싱글벙글 친절한 말과 미소로
할머니의 머리를 감긴다

할머니 물 끼얹어요.
눈 감으세요
비누칠해요
으샤으샤 척하니 수건을 깔고
거동 못하는 어르신도 옮겨가며
힘든 기색 보이지 않고 으샤으샤
참 미라씨 다시 보이는 날이다

토악질이 쏙 들어갔다

그렇게 삶은 아름다워지는가 보다.

말아톤

여름 내 달빛에 달리기 하던
초승달만큼이나
수줍은 영재씨

오늘은 실전의 날
아침 안개 뒤로 비치는
해님 등지고 배번을 단다
일만 오백칠십 번

전국에서 모여든
마라토너들과
함박웃음 머금고
철원의 황금벌판 달린다

그러나 햇빛은
달빛처럼 너그럽지 않아
쨍쨍 몸의 염분 다 빼내
염전처럼 소금을 널어놓고

영재씨 마음에도

그늘 하나 만든다
다음엔 하프코스로 뛰어야지

소문이 무성하다

세상은 제초제의 지독함으로 사라진
그의 마음을 들여다 보려하지 않는다
누구도 왜 그 선택을 했을까
아파하며 보름 밤
늑대 같은 울음을 울지 않는다

왜일까
바보 같은 놈
뭐지

자신의 두 발로 구석구석 지도를 그렸던 농토
그를 꼭 빼닮은 분신들
너무 오랜 시간을 함께해 이젠 여자가 아닌 가족도 있
다

그는 분 냄새가 그리웠을까
아님 일렁이는 모태의 유혹을 견디기 어려웠을까

반달 같은 아버지 봉분에 엎드려

그가 떠난 후

낮달은 푸르게 변하고
분 냄새 나는 샛별 사이로
까마귀 한 마리 날아올랐다.

영만씨

큰 키에 장난기 가득한 말투로
사람을 즐겁게 하는 영만씨

난 그 겨울
그의 따뜻함을 알았지
새벽 두부 배달을 나갔던 남편이

메뚜기교 들이받는 사고가 나고
당황해 어쩔 줄 모르는 우리를 도와
지게차 불러 표지석 세워주고

손가락이 세 개뿐인 손
시뻘겋게 어는 줄도 모르고
찬물에 시멘트 개어 그 밑에 발랐지

얼음 쩍쩍 갈라지는
추위도 몰아내는
그 멋진 사람이 내 친구라네

자색 고구마

초봄 백 개씩 묶인
고구마 순을
고랑 사이 한 뼘마다
꾹꾹 눌러 심었다

간간이 잡초가
고구마 순 보다 웃자라고
지나던 똥개가
쉬기도 하던 곳

청하리 저녁노을
유난히 붉고 낮던 여름
화강 넘어 쌍무지개
고구마 밭에 걸렸지

양떼구름 동무 삼아
고구마 캐는 날
루비처럼 반짝이는 그것이
주렁주렁 달려 나오네

토토

영화 시네마 천국에 나오는
아이 이름이 아니다
일 미터짜리 쇠줄을
일 년 내 목에 걸고

리 사무실 방송 소리만 들리면
노래 부르는 우리 집 강아지다
어찌나 억척스레 짖어대는지
온 동네 소문이 자자한 개

우리는 문 열어놓고 다녀도
도둑이 안 든다는 말에
옆집 아줌마 '어유 그 집 개가
얼마나 사나운데' 한다

칠년을 함께한 우리 집 강아지
내 가족들의 또 다른 가족
이제는 목줄 풀어
자유를 알게 하고 싶다.

*38

담벼락에 기댄 그 자전거

그 때부터였을까
아무도 돌아보는 이가 없다

꽃을 심으러 가고
고추를 심으러 가고
참깨를 심으러 가던
매일을 바쁘게 달리던 그 자전거

해가 나고
바람이 불고
비가 와도
돌아보는 이 아무도 없다

들판 사이 작은 집 담벼락에서
녹슬어 가는 자전거

그 남자 안데르센

쪼그리고 앉아 지나가는 개미와 놀다
닭장에서 알 꺼내 먹고
벌러덩 마루에 누웠다가

너무 일찍 객지로 간 오빠
가방에 딸려온 그 남자를 만났지

사립문 옆에 쪼그리고 앉아
해 가는 줄도 모르고
물방울이 된 인어를 만나고
성냥팔이 소녀를 만나고
미운오리 새끼를 만나고…

그가 동네 아이들에게
동화를 들려준 이야기를 듣고
나도 동화 작가가 되고 싶었지.

제2부

엄마도 女子란다

늙으면 학이 되는 걸까

점점이 학으로 변해가는 노인들이 앉아
가을볕을 쬐고 있다
어디서 날아들었는지 모를 스티로폼 쪼가리 위에
가냘프고 앙상한 엉덩이를 괴고 앉아
햇볕사이로 비치는 무지개를 받아 마셔야
학으로 환생하는 것처럼
그 빛을 받아 마시려
몸을 웅크리고
헛 날갯짓을 하고 있다
어떤 노인은 날개가 나오고
날개와 부리가 모두 나온 노인은
날갯짓을 배우고 있다
얼마나 더 연습하면 하늘을 날아올라
태양 끝에 다다를 수 있는 걸까

나의 옆구리가 조금씩 간질거리고 있다.

깜짝이야

집에 있 수!
집에 있 수!

꿈결인 줄 알았다
눈도 떠지지 않는 아침

노인에겐 해가 중천인 시간

난, 꿈결인 듯
상추와 아욱 시금치의 아우성을 듣는다

집에 있 수!
아! 깜짝이야!

목련과 노인

노인은, 싸리비로
마지막 남은 목련 나무를 털고 있다

그 고왔던 목련화
이제 막 지려 하는데
천천히 바람을 맞이할 기회도 없이
싸리비에 떨어진다

나무 가지 사이
흰 구름이 잠시 쉬어간다.

은행

노인은,
그 곳에 은행이 많다고 했다

비, 바람 불고 난 다음 날이면
새벽부터 절에 올라가
부처님께 절하듯이
은행을 주웠다
쪼그리고 앉아
허리를 굽혀 한 알, 한 알
구린내 나는 그것들을 주워 모았다

껍질 벗겨 씻어 말리는 동안
쿰쿰한 그놈들은
찰그락 찰그락 소리를 내고

한 가마니 족히 되는 은행
이놈, 저놈 나눠 줄 생각에
노인의 입가에선
노랗게 노랗게 웃음이 떨어진다.

엄마도 女子란다

동송 오일 장 날
맘에 드는 옷 하나를 만났는데
그놈이 사만 원이라
고쟁이 속 지폐
만지작 만지작 삼십 여분
퉁명한 주인 여자
화장실 간다 내빼고
노점 플라스틱 의자에 앉아
고쟁이 속 지폐만 꼬깃대는데
이거면 울 아들놈 한 달 치 양식이라

야! 이놈 내 아들 놈아!

꽃무늬 옷 입고
경로당 잔치에 마음 뺏기는
엄마도 女子란다.

달과 목련

달은
조금씩 제 살을 떼어내
씨를 뿌리고 있다

황사가 몰려와
시야를 가리고

봄비가 모래바람을
가라앉히는 시간이 계속되고

달의 씨앗이
앞마당 목련나무 위에
눈을 틔우던 밤

제 새끼를 찾는
어머니 환한 몸짓에 화답하듯
꽃은 탐스런 모습으로
눈 맞추고 있다

마음 꽃

어머니의 꽃밭엔
자색 천일홍이
매일 매일 지지 못하고
피어있습니다

늘 애쓰며 종종대도
곳간이 차지 않는 큰 아들

많은 재산 한 번에 털어먹고
노모 굽은 등에 매달리는
고명 딸 눈가에도

못 배운 한으로 돈을 모아
살만해진 적은이 마음에도
꽃이 피기를 바라는

어머니 한숨 같은 천일홍이
그렇게 피어 있습니다.

보물

굽은 등
거북 껍질 같은 손으로 노모는
매일 옥상을 오르내립니다

그 곳에 보물단지를 숨겨 놓았는지
커다란 자루를 등에 지고는
오르락 내리락

자식들의 만류에
천둥 같은 화를 내며 오르내립니다
어머니는 뭘 하실까요

등에선 맵고 달콤한 향기도 나고
쾌쾌한 구린내가 나기도 합니다
괜스레 눈이 시립니다

올 겨울,
또 등짐에 기대 추위를 잊겠지요
그 굽은 등이 내겐 보물이지요

게장과 늙은 엄마

게딱지에 숟가락 넣어
투명한 껍질 남기고
허기진 아이 젖 빠는 소리처럼 쪽쪽
내 가슴을 뭉클하게 합니다

게딱지처럼 둥그렇게 말린 등으로
사람 그리운 소리 하고 또 하고
그래도 오늘은
게 눈 모양 툭하니 미소가 올라옵니다

얼마나 많은 짐 짊어져서
둥그렇게 등이 말린 걸 까요
한시도 떠날 날 없는 자식의 짐

그 힘겨움이 어미 등에 매달려
쩍쩍 소리내 갈라집니다
돼지 갈비, 게장으로 메운 그 틈
이제 며칠쯤은
반질반질 윤이 나겠지요.

검정 봉다리 두 개

장미 활짝 핀 대문 넘어 삐죽이 보이는
검정 봉다리
노인이 매일 물주고 벌레 잡았을
시금치와 상추가 들어 있다

씽씽 마트에 가면 삼천 원이면 족할 그것을
노인은 거친 숨 몰아쉬며
서너 번은 쉬어야 도착할
내 집에 밀어 넣고는 반길 틈도 없이 사라진다

무엇이,
노인을 급히 사라지게 했을까
검정 봉다리 안에서
노인을 닮은 그리움들이
초록별처럼 반짝 거린다.

숨어 사는 손

어디선가 쑥
내 컴퓨터를 다녀가는 손
나의 어려움을 해결 하고 가지만

속살을 보인 것 같아
얼굴이 붉어지고
내 못 볼 걸 보인 것 같아
마음이 불편하다

내가 난감 할 때
난 그 손을 찾지만
좋아하는 건 아니다

그가 다녀가면
내 소중한 걸 잃은 것 같아
두려워 컴퓨터를 본다
흔적도 남기지 않은 손

늙은 종

똑똑
있수!
누가 왔나 문을 여니
고지서 두 장 들고 서 있는 앞집 할매다
구순을 넘어 백수를 바라보는 나이

세금 고지서의 무게마저 버거워 보이는데
"뭔 ! 뭔! 요금이유?
할머니는 잘 몰라"
텔레비 요금 물세요 서너 번 반복한 후에야
간신히 알아 들으셨는지
끄덕이며 일어나는 모습이 늙은 암소같다

문 꼬리 길게 달고
대문을 나서며 하시는 말
할머니는 죽지도 않아

구순이 넘어 홀로 살아간다는 건
사는 것과 죽은 것의 경계에 서서

외줄을 타는 것인가 보다
할매가 가고 난 자리에서
댕댕 종소리가 들린다

할머니는 죽지도 않아…
할머니는 죽지도 않아…
할머니는 죽지도 않아……

콩탕

통통통 황금 콩
햇살이 싼 노란 똥
바람 이는 키에서 돌 고르고

뱅글뱅글 맷돌에서
곱게 갈린
햇살이 버린 노랑 구슬

허리 굽은 할매
곰삭은 새우젓 한 술
퍼 넣어 젓고 또 젓고

할매 짝사랑 큰아들
햇살 같은 미소로
콩탕콩탕 쏙쏙쏙

노인

집에까지 가는데 몇 번을 쉬어야 한다

살고 싶다
돌아보면 해야 할 일들도
살펴야 할 것도 많다

혹여,

잠이 오지 않는다

아무도 돌아보지 않는 깜깜한 밤
텔레비전 소리가 나를 지킨다.

허 여사

쭉 금이 갔다.

몇 년째 금간 유리창 너머로
학원하다 망한 동생의 집기를 쌓아놓고
옆집 아낙과 악다구니를 쓰며
꽃밭을 가꾸는 허 여사
작은 꽃밭에 들국화가 피고
구절초가 자라면
한 움쿰 따다 갈아 마셔
입술이 시퍼레져 돌아다니는 여자

언제쯤 저 유리를 바꾸고 집기들을 치우고
반짝 반짝 빛나는 집을 가꿀까

봄이 오면 꽃밭을 가꾸듯
예쁜 집 만드시려나.

제3부

노
래
하
는
비

눈, 깜짝 할 사이

내 살갗을 더듬고 지나가는 햇살이
민들레 꽃 위에 내려앉던
어떤 날

민들레 같은 아이 데리러
유치원에 간다

여기저기 노란 꽃노래 부르는
아이들 사이로

윤결아 할머니 오셨다

마음에 살던 서른 살 내가 사라지고
그곳에

주름 자글자글하고 머리 허연
내가 있다

오늘 하루 이십 년이 흘렀다.

노래하는 비

처마 끝에 매달린 빗방울
쪽 쪼로록 쪽 쪼로록

노랑우산 우리 아기
달팽이 사냥을 나선다

꽃 잔디에 숨었니,
고추밭에 숨었니,
상추 잎에 숨었니, 잎 들춰보자
감자밭에 숨었니, 잎 들춰보자

달팽아 달팽아 어디 숨었니
찰팍찰팍 물웅덩이 악기인가 봐

쪼로로 쪼로로 쫄쫄쫄
쪼로로 쪼로로 쫄쫄쫄

노래하는 빗방울
아이 귀여워
아가야 아가야 어디 숨었니?

행복

품안에 쏙 들어오는
솜사탕 같은 아이를 안으면
깔깔거리는 소리가
귀를 간질입니다

어디서 왔는지 누구의 아이인지
중요하지 않습니다.

그저 흘리고 다니는
저 웃음이 좋습니다
하루 종일 무슨 흥이 저렇게
많은지 하하 호호 댑니다.

비싼 책상 사달라고
애교부리는 배시시한 모습도
그저 좋습니다.

더 좋을 것이 없습니다.

배꼽 맞추기

내 배 위로 냉큼 올라와
오르락내리락
배꼽을 맞춘다

어떻게 하면 배꼽과 배꼽을
딱 맞출 수 있을까

이렇게도, 저렇게도 해보며
배꼽을 맞춘다

따뜻하고 보드라운 입술이
내 몸을 돌아다닌다

세상 더 없이 달콤한 시간
내 딸과의 배꼽 맞추기

똑같이

큰 강아지, 작은 강아지
재잘재잘 소곤소곤
책을 읽지요

언니랑 똑같이
큰소리로 책을 읽지요

누가 더 잘 읽나
점점이 더 큰소리로
귀여운 강아지들
책을 읽지요.

달마중

윤결이랑 승희랑
둥근달 따라서
산책을 가요

그 길가엔 노랑꽃들
까르륵 까르륵
합창하지요

달 따라 사쁜사쁜
꽃 따라 사쁜사쁜
달노랑 꽃노랑

우리아기
노랑노래 행복하지요.

도토리 1

다람쥐 먹을 거 주워 오지마

몇 십 년 만에 소이산 도토리를 주웠지
알알이 탱글한 도토리가
나를 부르는 것 같아
한 알 한 알 줍다보니

어느새 한 말은 됨직 했지

뿌듯함으로 윤결이에게
자랑을 했었네

어느새 다 큰 강아지 내게 하는 말

다람쥐 먹이 주워 오지마

도토리 2

주워온 도토리 하루 또 하루
이렇게 많은 기다림을 거쳐야
묵가루가 되는 줄 몰랐지
벌써 보름째
말리고 껍질 까고, 말리고
물에 불려 방앗간에서 갈아다 앙금 안치고
또 말리고
도토리 소중한 도토리

많은 기다림 후에야 묵이 되는 걸 알았네
기다림으로 더 소중해지는 걸 알았네

나는 묵은 기다림으로 무엇이 될까!

동생은 내가 키울 거야

태어나기도 전에 언니노릇
단단히 하는 고 놈

승희는 안 예뻐하고
동생만 예뻐해야지 하는 말에
아냐~~~
동생은 내가 예뻐 할 꺼야
말하는 강아지

어느새 이렇게 자랐는지
언니가 된 승희야
동생과 평생 의지하고
마음 나누며 정답게 살아라.

비의 노래와 아기

비, 비, 비, 노래처럼 장맛비가 지붕을 때리고
바닥에 떨어지는 소리가 날 때마다
윤결이는 달려와 안기며 비를 가리킵니다
비 비 비..
며칠째 비가 내리니 비 비 비 소리가 꼭 노랫소리처
럼 들립니다
이 아기를 볼 때마다 살아있음에 감사합니다
내가 살아가는 동안 참으로 많은 웃음을 주고
또 안아보게 하고 뽀뽀하게 하는 이 귀여운 아기가

오늘도 내가 하루를 살아가는 이유입니다

이제 곧 내 품을 떠나 엄마에게로 가서 살겠지만

그래도 내가 주었던 사랑을 기억하고
내가 들려줬던 이야기들이 기억 속 어딘가에 살아남
아
앞으로 살아가는데, 도움을 주리라 믿습니다
세상을 사랑하고, 이웃과 잘 지내고, 가진 것들을 서

로 나누며 살다보면
  큰 열매를 맺어 주변을 평화롭고 아름답게 적셔갈
것입니다
  언젠가 아주 오랜 시간이 지난 후에라도
  아이가 한 번쯤은 나를 생각해주지 않을까요
  비 오는 날, 눈 내리는 날
  나무들이 푸르러서 눈물이 나는 날
  하늘에 지는 해가 너무나 슬픈 날에...

  며칠 동안 내리던 비가 이제 그치려나 봅니다
  내 사랑스런 딸을 위해 자야겠습니다.

아가야, 아가야

긴 장맛비에
동글동글 우산을 쓰고는
아장아장 폴싹폴싹
걸어 다녀요

아가의 눈엔
동글동글 빗물방울
또르르 똑 또르르
담겨 있어요

내 입가에 주름도
빗방울 물결처럼
샤르륵 샤르륵
퍼져 나가요.

승희 소풍가는 날

세상에서 가장 아름다운 꽃이 소풍을 간다
강아지 같이 복슬복슬한 고것이
살랑살랑 내 마음을 흔들고
김밥 돌돌 말아
가방에 지고는
달랑 달랑 간다
꽃내음 맡으며
달캉 달캉 나도 따라 간다.

아가랑 나랑

긴 장맛비에
동글동글 우산을 쓰고는
아장아장 폴싹폴싹
걸어 다녀요

아가의 눈엔
동글동글 빗물방울
또르르 똑 또르르
담겨 있어요

내 입가에 주름도
빗방울 물결처럼
샤르륵샤르륵
퍼져 나가요.

포도나무

쪽문 사이
주렁주렁 포도가 달렸지
알 굵은 그놈은

이제는 고목이 되었지만

군대 간 정호 초등학교 삼학년
식목일에 심었네

그래도
쪽문사이로 날 지켜보는 그 놈은
꼭
푸른 제복의 정호가
우릴 지켜보는 것 같아
든든하다네
이제 곧 그 놈은
초록그늘 드리우고
주렁주렁 제 새끼들 매달고
우리 집 현관 들어서겠지.

머리핀

아기 머리핀 아무거나
주워 후딱 머리를 묶었지요

깍쟁이 윤결이는
엄마 내 머리핀 묶지마라
휘리릭 뺏어가 버렸지요

그것을 본 내 살림밑천 큰딸
학원 다녀오는 가방 안에

엄마 머리핀 꽁꽁 숨겨 왔지요

오늘도 나는 리본 머리핀
행복으로 꼽지요.

난 달팽이 인가봐

언제 부터인가 난 느려졌다네
한걸음 한 걸음 걸을 때마다
깊은 숨 몰아쉬며
긴 목을 앞으로 빼고
등을 굽혔지

점 점 무거워지는
내 등짐이 딱딱하게 굳어
더듬더듬 더듬이 앞세우고
길을 간다네

차가운 바람이 불면
바위 밑에 몸을 기대고
딱딱한 등짐에 얼굴을 묻지

난 무거운 집을 지고
느릿느릿 앞으로가지
내 짐은 점점 굳어 집이 되었네.

가을 하늘

달캉 달캉 들리는 소리를 밟고
가을을 걷는다

저녁 먹으로 내려온 기러기 떼들의
인사를 받으며
나는 천군을 거느린 장군이 된다

저기 손 흔들어 환영하는 억새와
보라색으로 축복하는 들국화

산호바다를 품은 하늘엔
몽실몽실 떠다니는 구름

엄마 저기 하늘 좀 봐
하나님이 구름 의자에 앉아 있어
달캉달캉 아기가 가을을 걷는다
나도 따라 걷는다.

봄 눈

한 발 한 발 눈을 밟으며 가다
발자국 하나를 따라갑니다

작은 사람, 큰 사람
고양이도, 강아지도
모두 발자국을 남깁니다

먹이 찾아 내려앉은 참새도
사랑스러운 발자국들로
하얀 눈 위에 그림을 그립니다

입춘도 우수도 지난 어느 날
사그락 사그락 눈이 내립니다

강아지 두 마리
내 발자국 따라 옵니다.

부화

알을 깨고 나왔다
보고 또 본다

상자에 전등을 켜고
따뜻한 엄마 품을 대신한다

삐약삐약
조그만 숨구멍을 통해
자꾸만 밖으로 나온다

예쁘다

하루가 지나고 또 하루
한 마리가 죽었다

또 한 마리
접시물에 빠져 죽었다

상자와 전등은 엄마가 아니다.

제4부

거울 속에 어떤 날

거울 속의 어떤 날

그 곳에 있다

청바지에 흰 셔츠만 입어도
빛나 보이던
그 시절의 마음으로 살아가던
한 여자가

텔레비전 화면 속에서
낯선 자신을 본다

그 안에 웬 여자가
자글자글 주름진 모습으로
먼 곳을 보고 있다

가슴에서 쿵 소리가 난다
하늘이 노랗다

시간은 여자도 비켜가질 않았다

거울 속의 또 하루가 간다.

그, 별 이야기

얼만큼 반짝이면
별이 내려와
나를 알아볼까

앞산에 떠오르는 커다란 달이
붉은 빛을 더 하면

천천히 차오르는 어둠이
그 별 아래
다리를 놓는다

별 하나가 지키고 있는 소이산
그 아래에

별이 되고 싶은 사람 하나 서 있다

온 몸에 힘을 주어 빛을 내본다.

다른 세상의 문을 연
그 남자를 기억하자

눈물과 진심을 뒤로 하고
또, 다른 세상의 문을 열기 위해
떠나는 한 남자

네모 틀 안에서
가장 단정한 모습으로
이 세상의 문을 닫고
다른 세상의 문을 연다

그를 배웅하는 따뜻한 눈빛들
며칠 째 밤을 지새운 아내는
내려오는 눈꺼풀을
자꾸만 치켜 올린다

밤은 점점 깊어가고
어둠 짙은 강을 따라
먼 길 떠나는 남자

저 멀리 문이 보인다
이제는 열어야 한다.

전나무 화분

그저 그런 화분들 사이
전나무 한 그루 작은 화분에 담겨
내 집에 들어왔다

어느 날
화분이 귀찮아
그놈을 버릴까 하다가
담장 옆 귀퉁이에 심었다

다음 해 봄
그놈은 많은 잎과 줄기를 키우더니
여름이면 시원한 그늘이 되고
가을에는 내게 하늘을 보게 하더니
겨울에는 푸른 기상을 가르친다

난,
얼마나 기름진 화분인지 궁금해지는 가을밤

나비

나무들 사이로 난 작은 공간
이리저리 부딪치는 나무를 피해 날다
달콤한 꿀 한 모금 마시면 나의 세상은 천국
이리저리 향기로운 꽃들을 찾아 날다
난 하늘을 보게 되었지
저 높은 나무는 꽃도 없고 꿀도 없지만
나를 자유롭게 해줄 것 같았지

해가 달이 되고, 달이 해가 되고
해가 꽃이 되던 아침 난
그 꽃을 향해 날아올랐지

나의 세상 아래엔
꽃과 나비들이 힘겨운 싸움을 했지

난 알고 있는데
너무 많이 모은 꿀은 넘치고
아름다운 꽃은 더 빨리 진다는 것을

그 가을 밤

달이 처연한 보름 밤

지나가는 사람의 눈길을 붙잡으려
안간힘을 쓰는 국화의 몸부림이 안쓰러웠다
제 몸을 한껏 부풀려 늦은 수확을 하는
나비에게 꿀을 내어준
달을 머금은, 국화가 노랗게 빛나는 밤

은행나무

물든다는 것은
참 아픈 일이다

간밤에 반짝이던 별빛에도
지나가는 바람에도
구름의 움직임에도
넌, 노란 눈물을 흘리니 말이다

은행나무야~
은행나무야~

네가 마지막 한 잎을 떨구어야만
나무는 새 생명을 잉태하나보다.

사각 틀 속 토끼

내 집은 긴 네모입니다
한쪽으로만 몸을 길게
누일 수 있지요
또, 조그만 門으로
매일 먹을 것이 들어옵니다
사과, 배, 감자, 콩비지……
하지만 선택할 수 없지요
난 매일 조그만 돌이 올려진
그 門으로 별과 얘기도 하고
지나가던 바람에게
저 먼 산속
얘기를 듣기도 하지요
난 매일 꿈을 꿉니다
깊은 산속을 뛰어다니다
별을 품은 옹달샘을 마시고
구름을 쫓아다니며
친구들과 함께 뛰노는 꿈

수탉

네 마리나 수놈이니
큰일이다

서로 뽐내려고
새벽부터 꼬끼오 요란한 소리로
울어댄다

서로 목청 자랑 하는 놈들이

조그만 닭장 안에서
꼬끼오 경쟁을 한다

이놈들아
너희들 세상은
그저 마당 한 곁이란다.

개구리와 가로등

오르고 또 오른다
매끄러운 쇠기둥
어느 곳 하나 짚을 곳이 없다

내 몸의 끈끈한
점액을 내보내
한 발 한 발 내어딛는다

펄쩍 펄쩍 뛸 수 없다
너무 매끄러운 쇠기둥을
온 힘을 다해 붙잡고 있다

오르고 또 오른다

해가 지고 달이 떠오르면
쇠기둥에 빛이 들고
먹이 창고가 차기 시작한다

*92

순간, 조용히
함께 오르던 친구가 사라졌다
등이 마르고 있다.

변압기

얼마만큼의 빛을 품고 있을까
따가운 햇살 고스란히
마시며 버티고선 너

어스름이 내리면
조금씩, 조금씩 토해낸 숨으로

白壽 앞에 두고 자리에 누운 앞 집
할머니 뒷방에도
먼 나라에서 시집와 갓 딸을 낳은
마르셀의 집에도
하루 품 판돈 칠 만원을 반질반질 닳아진
주머니에 넣고 고단함을 달래는
김씨 집 거실에도 빛을 전하고 있다

넌 얼마만큼의 빛을 품고 있을까.

*94

골드메리

산호바다 같은 하늘
듬뿍 머금은 햇살사이
유난스런 노랑으로
나비를 불러들이던 꽃

깊은 밤 홀로 찾아든
고양이와 숨바꼭질 하지
키 큰 가로등이
훔쳐보는 줄도 모르고

밤새 더 아름다워질
저 꽃엔
봄볕 같은 고양이 털
묻어있겠지.

동백섬

뺑뺑 도는 저 맹인 무엇을 생각할까

수로에 흰 지팡이 착 붙이고
두 눈이 보이는 이들보다 빨리 걷는다
휙, 지나가는 맹인 그는 알까

천천히 걸으면
바다 내음도
동백 꽃향기도
새소리도

마천루 세계 정상들의 발소리도 들린다는 걸

빛 알갱이가 되다

그대와 나는
다른 줄 알았습니다

그대가 나를 생각하는 시간이 길수록
내가 그대를 그리워할수록
우리는 점점이
쪼개지고 나누어져
빛 알갱이가 되었습니다

그대가 점점이 소멸되어 갔습니다
나도 점점이 소멸되어 갔습니다

우리는
산이 되고 바람이 되고
우주가 되었습니다.

자갈치 시장

두 눈을 반짝이게 한다
생존은

비릿한 생선 눈을 한
노인이 발길을 붙잡는다

갈치 여섯 마리 4만원
한 마리는 덤

터벅터벅
내 뒤를 따라오는 먹갈치

또 다른 발길을 붙잡는
노인의 목소리

내는 절대로 안 속인데이

울릉도 기린초

쉿~ 내 말 좀 들어보세요

나는 울릉도에 살지요
바닷바람을 마시며
바위 틈사이 뿌리를 내리고
세차게 바람이 불 땐
다른 바위틈으로 옮겨 가기도 해요

그래도
난 울릉도 바위를 집으로 삼은
울릉도 기린초예요

어떤 바람이 불어도
내 집은 울릉도 큰 바위랍니다.

주차장 집

오래된 골목 그 길가 집엔 노인이 살지
찌그러진 라디오로 시간을 달래는

폐지를 모아 넓은 주차장에 쌓아 놓고
그 옆 듬성듬성 얽은 의자에 앉아서

젊은 시절 들었던 노래를 크게 틀어놓고는
지지직 소리 간간이 새어나오는
라디오를 들으며 세월을 쌓고 있지

LP판 검은 바늘
느릿한 샹송의 흐느적거림에
세상을 달리한 낡은 인연을 생각하는지도 모르지

목련

소리도 없이 피었던 목련이
뚝! 뚝 뚝
어젯밤 내 곁을 지나가던
그 바람이 당신의 마지막
소식이었나 보네요

달빛이
창가에 그리도 서성이는 걸
미처 알아보지 못하고
그대의 눈물을
마주하지 못했습니다

꽃잎이 모두 떠난 자리
홀로 남은 반달만이
외로이 당신 모습을 하고
그 나무에 걸려 있습니다.

강가에서

물살에 떠내려간 열아홉

이승과 저승 사이 엮어주는
구름다리 위로
자꾸만 뱅뱅 맴도는
저 검은 새

다리 아래까지 내려온
초승달 위로
까마귀 두 마리 배회한다

아이의 울음소리 듣고 찾아온
부모의 영혼인가
자꾸만 까악까악~

못다 한 말 너무 많아
날이 저물어도
초승달 시린 하늘 위를 맴돈다.

달을 낚는 사람들

저녁 어스름 고단하게 하루를 지낸 달
저수지에 내려와 잠을 청한다
그를 깨우려 조약돌 주워
물수제비 만드는 사람들
하나 둘 셋 넷 다섯 스르륵
하나 둘 셋 풍덩
하나둘셋넷다섯여섯동글동글동글 퐁
네가 일어나야
낚시 바늘 문
너를 건져 올릴 텐데
깊이 잠든 넌 꼼짝을 안한다
어떻게 하면 너를 깨울 수 있을까
고민하던 그들도
저수지로 내려와 곤히 잠든다.

바나나

미끄덩한 알맹이 쏘옥 입에 물면
달콤했던 그 시절 야자수 사이로 보이던
싸이판 산호바다가 펼쳐진다

어릴 적 소문으로 전해지던 바나나
서울 살던 새 언니 시집와
아버지가 한 아름 사줘서 먹었다던 얘기를
귀 쫑긋 세우고 눈 반짝이며 듣던

노오란 빛깔, 손톱 달 같은 모양
바닐라맛 향기……
상상의 나래 펴며
침 질~질~ 흘리던 바나나

옆 집 언니, 서울에서 보육교사 취직했는데
학부형이 사온 바나나 먹을 줄 몰라
얼굴이 홍화 빛으로 물들었다던
전설의 그 물건

이젠 과일 파는 자동차 한 가득 넘쳐나
오가는 사람들 손에 손마다 들려있다

저들도 야자수 사이 산호바다를 알고 있을까.

전봇대

거대한 생명 키우는 줄
주렁주렁 매달고
미동도 않고 서있는 놈

놈이 깨어나는 저녁 무렵
여기저기서
불꽃들이 터진다

놈이 원하는 게 뭘까

어둠 속에서
반짝이는 모습으로
그가 기다리는

그놈이 보고 싶다.

어떤 날

새하얀 토끼를 입양했다
붉은 눈에 밝은 귀를 가진 토생원
사각의 틀에 넣고
철장에 가뒀다

매일 달맞이 꽃이며 망초대, 콩비지를 주지만
그가 행복한지 모르겠다
그의 운명이 그곳에 있었던 건 지
나의 행동이 그를 그곳에 있게 한건지 모르겠다

붉은 눈이 나를 따라와 반길 때마다
움찔움찔 가슴이 들이 받힌다
원래 그곳에서 식용으로 살았어야 옳은지
지금 그 사각의 틀에서 아주 오래 그렇게 살아야 하
는지

정답은 없다
나의 하루처럼

폐지 줍는 여우

흙 묻은 농약 상자 마냥
누군가 건강을 위해 먹고 버린 약상자 마냥
구겨진 얼굴로 다니는 저 늙고 가엾은
여우처럼 살지 말자고 다짐 한다

어디선가 툭!
빈 종소리 같은 종이 상자가 울리면
빵빵 시장을 돌며 몸빼 입고 달려가는
그 빠르고 가벼운 발
굼벵이 같은 리어커를 낚아 채
붉고 번득이는 눈으로 먹이 감을 보고 달려가는 여우
리어커에 바벨탑처럼 굳건히 종이 탑이 쌓이면
여우의 눈은 안정을 찾고
귀퉁이 돌멩이에 기대앉아 뱉어 내는 긴 숨
등 기댄 담벼락은
높기만 하다

밥 심

밥은 소통이다
함께 하고 나누어 먹으면서
나는 sex와 같은 친밀감을 느낀다
밥을 함께 할 수 있다는 건
마음을 나눈 사이
마음을 나누어야 할 사이라는 것
이보다 더 아름다운 소통은 없다
배가 든든해지고
마음이 따뜻해지며
먼저 손 내밀어 사랑해야 할 것 같은
즐거움으로 가득 해진다
밥을 짓고 나누는 일이 때론 힘겹지만
그래도
일어나 밥을 짓고 나누어보자
더 많은 친구가 나와 함께
세상과 따뜻한 눈 맞춤을 할 것이다.

손 마주잡기

달빛처럼
내 목을 지나는 시원한 맥주
하루의 고단함이
달무리 같이 퍼지는 시간

큰 병 앓고 온 이웃 남자가
내게 손을 내민다

스러지는 이슬 같은
생의 한 장이 또 지나고
무엇 때문에 사냐는 소리에
거품처럼 사그러드는
나의 목소리...

막상 세상에서 정리 할 것이
아무것도 없더라는
그의 말을 들으면서도

내밀어 지지 않던
내 손이 부끄럽다

오늘은 꼭
그의 손을 잡고
따뜻한 눈빛 나누며
잠시라도 마주 봐야겠다.

구멍 메우기

나무 위에 매달린 별 하나
나를 내려다보고 있다

무엇이,
내 창가를 서성이게 만들었을까

바람 부는 날
흐린 구름 사이로 반짝이는 별 하나

내 심장에 뚫린
구멍 속으로 날아들었다

이 어둔 밤에

달팽이의 길

절벽 아래
물이 돌아나가는
강가에서
달팽이를 줍는다

동글동글동그르
물결무늬 새겨진
단단한 껍데기

조그만 발 하나가
결 고운 동그라미 만들고
조약돌 같은 그것을
건져 올린다

껍데기 안에 사는
달팽이 닮은
내 길도 느릿느릿
나아가고 있겠지.

해바라기

하늘이 높아질수록
아름다워지는
까망 씨앗 가득 든 꽃

짝 사랑하던 해님이
소라 빛 하늘 뒤로 숨으면
그리움 꽁꽁 사려
까망 씨앗 만들고

어둠이 내리는 시간엔
그물 풀어 하나씩
하늘로 올려 보냈지

혹여나 해님이
내 맘 알아주실까!
밤하늘로 올라간 씨앗
별이 되었지.

어디서 오신 걸까

밤새,
고양이 살금살금
꽃바람 나르더니

분홍분홍 꽃 분홍
봄봄, 소리 내며
터지는 소리

내 꿈에 오셨던 님
봄밤을
깨우는 소리

꿈의 씨를 뿌리세요

싹이 안튼다고 포기하지 마세요

그늘을 만들어 주고
밭을 공구어 주고
비닐을 깔아주고

그래도
싹이 트지 않는다고
포기하지 마세요

기다리다 지쳐
그냥 버리지만 않으면

더 크고 붉은 꽃을
반드시 피우니까요.

소리 없는 것은 강하다

초록 담쟁이

비명 소리도 없이
절벽을 넘는다

그렇게 오른
벽 넘어 세상은

또 다른 벽

그래도, 오른다
또, 오른다

바다가 나올 때 까지

그림자

나다
네가 아니다
똑같은 모습의 깃발이
언쟁을 한다

햇빛이 둘의 표정을
만드는 줄도 모르고
나다
네가 아니다

서로의 거리
확인하는 깃발

제5부

총알
캔
날

동송 오일장

생선 파는 사내가 눈 맞춤 한다
배를 가르고 손질해드려요
미끌한 몸을 씻긴다.
사내의 거친 손이 매끄러운 오징어를 지나자
반짝이며 햇살이 내려와
비린내를 감싼다
속싸개 비닐에 넣고 검정비닐에 담자
부끄러움이 가신다

동송 오일장엔
검정비닐 속 생선 아닌
사내의 눈웃음이 있다

아! 사람 냄새 참 좋다.

총알 캔 날

자갈 밭 호미질 소리 달각달각

국방부 땅 표시해 놓은 사각기둥 옆에서
검게 익은 오디가 풋 소리를 삼킨다

풀썩풀썩 흙먼지 일고
노인은 굽은 허리로
지팡이를 짚고 소이산을 오른다
옛 부하를 전부 잃은 이곳에서
지뢰밭 사이 평야만 바라보다가
북으로 가는 핏빛 태양 등에 지고
발길을 옮긴다

딸그락 호미에 걸린 총알에
육십 년 세월이 딸려 나온다

지뢰와 총알이 살아 꿈틀대는 날이다.

지뢰 꽃길 시 낭송회

가을 하늘 머리에 이고
아이들이 하나 둘 모여든다

흰 구름 머리에 인 할머니도
엄마도, 아빠도 논두렁길 따라
손잡고 걷는다

시가 울려 퍼지고
노래가 울려 퍼지고

아이들 웃음소리는 노래가 되고
꽃과 단풍은 시가 되고
바람마저
억새의 손을 빌어 시를 쓴다.

정연리에서

뒷동산 능선의 철책 너머엔
누가 살고 있을까

늑대일까
이리일까

철책에 걸린 구름은
잠시 쉬었다 갈까 말까
흔들리다가
사슴과 토끼와 비둘기를 만나지

이리와 늑대의 전설을 만든 그들과
총 메고 철책을 지키는 아들과

가시가 두려워 넘을 수없는
아비의 한숨이 철조망을 녹슬게 하지.

*124

들판에서

두루미 두 마리
들판에 서 있다

비어있던
들판이 가득 찼다.

나무

소이산 작은 숲
나무 하나를 꽁꽁 동여맨 철조망
나무는 아프다고, 아프다고
윙윙 신음소리 가득 채웠지

귀 막고 코 막은 큰 나무들
점점 크게 자라고
철조망 가시에 찔린 아카시아
상처는 점점 깊어 갔다네

이웃 갈밤나무, 다래나무는
닿을 듯 말듯 손 토닥여
아픔을 쓸어주고

나그네 돌멩이 주워 던지니
녹슨 철조망 툭 끊어졌다네
깊게 패인 상처 꽃잎이
바람이 채워준다네.

홍 댑싸리

봄, 홍 댑싸리 씨앗 일천 립을 샀지

모종을 붓고 꼬박 보름을
아기 엉덩이 만지듯 했지

너무 아껴서 일까
구백구십 씨앗은 흙이 되고

느지막이 씨앗 하나가 싹을 틔웠네

이놈
너무 흔하다 내쳐질까
그렇게 애를 태웠나

매일 나를 불러 세우더니
이제는 제법 씨앗도 맺었네

이놈, 아직도 청청한 네놈

홍 댑싸리 맞기는 한 거냐!

지뢰꽃 길

그 곳에는, 잘난척하는 인간의 손길이 닿지 않았지
자기 아니면 안 되는 줄 아는
인간들의 욕심을 지뢰란 놈이 잠재울 줄 누가 알았나
그렇게 육십 년 하고 조금 더 세월이 지난 지금
알콩달콩 지뢰들이 모여 대가족을 이루었다네
노루며 고라니며, 이름을 알 수 없는 꽃이며 새들이
모여
언제든 숨을 수 있는 안식처로 바뀌었다네
그들은 매일 저녁 정글 깊숙이 숨어
그 길 사이로 떨어지는 붉고 청청한 해에게 기도하지
이대로만 살게 해달라고
그 소망들이 모여 우리는 철조망을 못 걷어 내나봐
인간의 욕망이 묻어 놓은 그 지뢰가
육십 년 만에 짐승과 꽃들에겐 천국이 되었다네
꽃처럼 지는 그 붉은 해 덩어리가
오늘도 그들의 소원을 먹고 산다네

지뢰밭 아카시아

강한 뿌리로 움켜쥔 지뢰
산산조각 날지 모르는
불안함으로
매서운 겨울 견뎌내더니

제 몸 불살라 향기
피워내는 구나

어디서건 네가 있음을 알도록
돌풍도 비바람도 견뎌 내는
그 강인한 내음

네가 피는 계절
내게도 조금쯤 그 향기 나눠줘
희망으로 거듭나게 하렴

나도 너처럼 불안한 지뢰
움켜쥐고 있단다.

네가 있어야 할 곳

어떤 사람은 호랑이로 태어난다
또 어떤 사람은 고양이로,
토끼로, 나비로, 산으로, 다람쥐로……
그 무엇으로도 태어난다

고양이는 사자를 만나기도 하고
다른 고양이를 만나기도 하고
나비를 만나기도 한다

호랑이가 산을 만나면 평화롭고
물고기는 바다를
나비는 꽃을
다람쥐는 상수리나무를 만나야 하지만

호랑이가 고양이를 만나 고양이집에 갇히면
그 늠름한 척추와 커다란 발이 퇴화되고
형형하던 눈빛은 고양이 눈으로 변한다

호랑이는 고양이가 되어야 할까?
아님 고양이 굴을 벗어나 산으로 가서

산신령이 돼야 하는 걸까?

세상엔 참으로 여러 가지 길이 있고
그 길들 마다 꽃이 피고 웅덩이도 있다
향기를 만들지 못하는 꽃도 있고
웅덩이에 빠져 죽는 다람쥐도 있지만 말이다

고양이 굴에 갇힌 호랑이는 더 이상 호랑이가 아니
다
늙고 초라한 고양이일 뿐
그는 자기가 호랑이 인줄 모르고
호랑이 적 기억만 흐릿한 눈으로 되씹을 뿐이다

호랑이여!
빨리 거울을 들여다보고 일어나라
네 포효에 전 세계 만백성이 깨어나도록
푸르고 울창한 그 숲이
네 마음속 창 너머에 있다.

냉정리 저수지에 사랑이 익다

샘물 매운탕 뒤 저수지 가는 길
어떻게 품었는지 하얀 진돗개
새끼를 키우고 있네

열 마리나 되는 새끼들을 하나도
잃지 않고 퉁퉁 불은 젖이 아픈지
애절한 눈빛으로 저수지 바라보네

그곳엔 낮 동안 색동옷 짓느라
고단한 햇님 내려와 목욕을 하고
그 모습 훔쳐보던 오리 푸드득 나네

가물치 건지러온 낚시꾼
아까 본 진순이 생각에 붉은 얼굴로
두고 온 그녀에게 전화를 하네

잃어버린 날에도 꽃은 피다

십여 년 전 서예 전시회를 하고 가져 온 화분
꽃이 지고 난후 천덕꾸러기가 되었다
분도 갈아주고 온도도 맞춰주고
잘 돌봐 주었으면 매해 꽃을 보았을 텐데
잎에 검은 점이 생기고 누렇게 변해가도
모른 채 외면을 했다
겨울에는 그저 보일러실에 들이고
봄이 되면 마당 구석에 버려두고
햇살과 바람에게만 밀어둔 채……
그러나 그들은
그를 버리거나 놔두지 않았는지
무더운 여름 지날 무렵
그 삐죽한 잎 사이로 꽃눈 올라오더니
실한 꽃대를 밀어 올린다
나도 그와 친구가 되고 싶은 마음이 들다
화끈화끈 얼굴이 달아올랐다.

천일홍

허브빌리지에
꽃구경 온 할매
로즈메리, 협죽도 라벤더...
그 곁에 동그마니 보라색 꽃을 반긴다

아! 이 꽃!
이렇게 많으니 보기 좋네...
이게 무슨 꽃이에요 물으니
천일홍 하신다

한번 피면 줄기가 먼저 말라
죽기 전엔 지지 않는다는 꽃
불멸과 매혹이란 꽃말을 가진

그 꽃을 키워 매 해
며느리, 딸들에게 화분으로
나누어 주신다는 할매의
입가에 쌉싸래한 미소가 번진다.

나도 새끼를 낳아 젖을 물리고 싶다

저수지 낚시터에 사는 진순이
새끼를 열 마리나 낳아 기르는데
이놈들 어찌나 아귀같이 달려드는지
퉁퉁 불은 젖이 모자라 하나씩 떼어내
약한 놈들을 물려줘야 할 지경이다
그래도 고놈들 어찌나 귀엽고 예쁜지
몰래 한 놈 주머니에 넣고 오고 싶은걸
억지로 참고 에미 곁에 놓았다
내가 데리고 오면 우유야 배불리 먹겠지만
콩콩대는 에미 심장소리와 고물고물
젖싸움 하며 무르익을 따뜻함을 잃어버리겠지
나도 새끼를 낳아 심장소리 나누며
젖을 물리고 싶다.

가을 금학산

탕 탕 타당탕 탕
금학산에 총성이 울리면
여기저기서
피는 붉은 꽃

산 촘촘히 그 꽃
내려와 앉으면

병사들의 우렁찬
군가 소리에 놀란
철원 평야가
누렇게 익는다.

장화

순박한 그녀의 초대로
논둑길 걸어 채소밭으로 갔지

짧은 반바지에
슬리퍼 신고 채소밭으로 갔지

질퍽한 채소밭
이 황당한 맵시를 보고

그녀는 일 할 때 신는 장화라며
신어보라고 했지
아무생각 없이 신은 장화

다른 사람보다 한 발 뒤에 서서 걷는다던
그 아픔이 고스란히 장화에 남아 있었지

그 장화가 자꾸만 나를 따라 왔지.

청개구리

파랗고 조그만 놈이
슴벅슴벅 바라보고 있었다.

가만히 들여다 보다
손을 동그랗게 모아 탁

두려운 그 놈이
손에 질펀히 오줌을 싼다

광활한 철원 평야를 누리던
청개구리가 생수병에 갇혔다

매끄러운 생수병 위를 착붙어
기어오르는 놈

하얀 속살이 벌렁거린다

청개구리를 품고 싶은
평야가 꿈틀 거린다.

바다야

고등어 떼와
청어 떼
간간이 고래도 헤엄치겠지
크게 숨쉬는
지구의 뱃속일지도 몰라

소화되고 낡아가는 줄도 모르는
청어와, 고등어는
일렁이는 파도가 마냥
아름다워 보이지

나를 삼킬지도 모르는 바다를
마냥 바라보다가

바다가 무얼 품고 있을지 몰라
울렁울렁 거린다.

나도 내가 무얼 품고 있을지 몰라
같이 일렁거린다.

철 대문

언젠가 분홍이었던
녹, 이끼들의 화분이 된 철 대문
그 틈에도 햇빛이 들고
바람이 지나고
비가 온다

잊혀지는 게 두려운
접시꽃 한 가지
분홍 노을로 피고

낡을수록 아름다운
철 대문 집엔
외로움이
늙어서
꽃으로 핀다.

아버지와 토마토

한 여름
들일이 힘겨운 아버지는
땀으로 흠씬 목욕하시고
사립문을 밀고 집으로 오셨죠

서울 간 언니가 보내온
작고 빛나던 냉장고 속
설탕절임 토마토 한 접시
꿀맛으로 드셨지요

안쓰러운 언니, 잘 있으려나
냉장고 한번 쓰다듬고

어스름내리는 저녁엔
토마토처럼 붉은 얼굴로
서울하늘 바라보셨지요.
말없는 아버지의 사랑이었지요.

그림과 詩의 경계를 넘나들기

정 춘 근(시인)

1.

　모든 예술에는 공통점이 있다. 거창하게 순화 기능이라고 하지만 그것으로는 설명되지 않는 깊은 친구 같은 느낌이 있다. 즉 다양성을 가진 예술은 분야 경계를 넘어서 서로 유사성을 갖고 상호 영향력을 행사한다. 그런 분야에서 친근감을 느끼게 만드는 것이 미술과 시이다. 미술 분야에서도 그림은 마치 형제같이 느끼는 공통점이 많다. 우선 수묵화에서는 시조를 보는 듯하고 추상화는 현대의 난해시, 수채화는 서정시의 느낌이 난다고 하면 억지일까? 그런 것은 보는 사람을 만족하면 그만이다. 문학도 또한 독자가 읽고 좋은 감정이 오면 좋은 시가 되는 것이다. 실제 우리 독자들 중에는 언론매체를 통해서 좋은 작품이라고 홍보하는 책을 구입했다가 몇 페이지 안 읽고 덮어 버리는 경험이 있을 것이다. 이렇게 예술, 또는 문학이라는 것을 솔직하게 말을 하자면 지극히 주관적인 것이다. 그렇게 평가에 정답이 없음에도 그래도 여러 사람들에게 주목을 받는 작품은 秀作, 또는 명작일 것이다. 그런 의미에서 미술 작품 중에서 명작으로 인정을 받는 것이 레오나르도 다 빈

치Leonardo da Vinci의 모나리자The Mona Lisa이다. 당시의 작품에 비해서 간단한 선으로 그려진 피렌체의 부유한 비단 장수인 조콘도 아내의 초상화로 신비롭고 아름다운 미소를 그렸었다. 이 작품이 인류가 남긴 수많은 미술 작품 중에서 최고의 반열에 오르는 것은 '단순하면서 친근감을 느끼게 만드는 매력'이다. 즉 예술은 복잡하고 난해한 독창적인 것이 아니라 은은한 미소로 인류에게 포근함을 남기는 모나리자 같은 것이 아닐까 한다. 그런 의미에서 본다면 이번에 현미숙 시인의 첫 번째 시집 『싸리꽃』은 평이한 언어를 통해서 우리 주변에 있는 것들에 생명력을 불어 넣고 있다는 점에서 주목을 받아야 한다. 한 폭의 그림처럼 감각적인 구조를 가지고 있는데 이것은 현미숙 시인이 오랜 기간 그림을 그렸던 경험이 문학으로 나타나고 있다는 판단이다. 이런 생각조차 본인의 착각일 수도 있지만 분명한 것은 좋은 작품들은 주머니 속에 송곳처럼 예리함을 자랑한다는 원칙을 가지고 현미숙 시인 첫 시집 『싸리꽃』을 읽어 보고자 한다.

2.

현미숙 시인의 작품에서 가장 눈에 띄는 것이 주변의 사물을 따스한 시각으로 바라보고 있다는 점이다. 언뜻 보기에는 쉽게 표현한 것처럼 보이지만 실제 그 안에서는 사물과 온화한 교감으로 새로운 생명력을 불어 넣고 있다. 현대에 많은 시인들이 모더니즘 경향에 빠져서 사물을 이리저리 비틀어서 마치 철사를 칭칭 감고 있는 분재 같은 작품을 쓰고 있다. 그게 마치 최첨단 사조처럼 생각할 수 있

지만 문학은 순수한 시각으로 사물과 눈높이를 같이 하는
데서 시작을 한다. 그래야 읽는 사람 공감을 이끌어 낼 수
있고 같은 경험을 한 사람들에게는 말로 표현할 수 없는
감동을 준다. 그런 장점을 듬뿍 드러낸 것이 현미숙 시인
의 첫 시집이라고 할 수 있다. 가볍지만 울림이 큰 여운으
로 남는 작품들을 읽어 보면 다음과 같다.

하늘 한가득 반짝이는/별을 세던 곳//이제는 /전통이 되어
가는 곳

– 「마당」 일부

낡을수록 아름다운/철 대문 집엔/외로움이/늙어서/꽃으
로 핀다

– 「철 대문」 일부

난 알고 있는데/너무 많이 모은 꿀은 넘치고/아름다운 꽃
은 더 빨리 진다는 것을

– 「나비」 일부

난 매일 조그만 돌이 올려진/그 門으로 별과 얘기도 하고/
지나가던 바람에게/저 먼 산속/얘기를 듣기도 하지요

– 「사각 틀 속에 토끼」 일부

오르고 또 오른다/매끄러운 쇠기둥/어느 곳 하나 짚을 곳
이 없다

– 「개구리와 가로등」 일부

白壽 앞에 두고 자리에 누운 앞 집/할머니 뒷방에도/먼 나
라에서 시집와 갓 딸을 낳은/마르셀의 집에도/하루 품 판
돈 칠 만원을 반질반질 닳아진/주머니에 넣고 고단함을 달

래는/김씨 집 거실에도 빛을 전하고 있다

– 「변압기」 일부

LP판 검은 바늘/느릿한 샹송의 흐느적거림에/세상을 달
리한 낡은 인연을 생각하는지도 모르지

– 「주차장 집」 일부

껍데기 안에 사는/달팽이 닮은/내 길도 느릿느릿/나아가
고 있겠지

– 「달팽이의 길」 일부

　인용한 시의 주인공이 된 사물들은 치열한 경쟁 사회에
서 떠밀려 난 것들이다. 세상이 주목하고 빛나는 것들이
참으로 많은데 현미숙 시인은 '이제는 전통이라는 이름을
쓰고 뒷전으로 밀려난 마당, 칠이 벗겨진 대문, 너무 빨리
져버리는 꽃을 애잔하게 바라보는 나비, 사각 상자에 갇혀
서 열린 문으로 들어오는 먹이에 지배 받는 토끼 등에게
관심을 집중 시키고 있는 것일까? 그 해답은 우리들이 산
다는 것이 어느 곳 하나 짚을 수 없는 매끄러운 쇠기둥을
잡고 오르는 것 같지만 「변압기」에서 '먼 나라에서 시집온
여자가 첫딸을 낳고서 새근새근 잠든 어린 고사리 손을 가
만히 잡아 보는 희망' '주차장 집에서는 LP판 샹송을 틀어
놓고 낡은 인연을 생각하는 노인'에게서 위안과 옛날 신작
로에 피어있던 질경이처럼 결코 포기할 수 없는 생을 공감
하게 만든다. 그런 각오와 생각을 '달팽이 닮아서 느리기
만 한 내 인생길도 천천히 앞으로 나가고 있을 것'이라는
절창으로 남겨 놓고 있다.

3.

지금 우리 사회는 지난 세월 어려운 시기에 가족들을 위해 모든 것을 바친 노인들에게 존경심을 갖지 않고 있다. 과거에는 '미풍양속' '경로사상' 등이 잘 지켜져 동방예의 지국이라는 이름을 듣기도 했었다. 그러나 요즘 젊은 세대들에게 노인이라는 지칭을 '틀닭'이라는 이름으로 폄하를 하고 있다. 즉 나이가 들어서 하는 일이라고는 '틀니나 닦는 것'이라는 아주 몰상식한 말을 거리낌 없이 해대고 있다. 또 실버산업이라는 이름을 붙여서 노인들을 요양병원으로 밀어 넣고 있다. 죽을 때 까지 가족 품으로 돌아 올 수 없는 현대판 고려장이 곳곳에서 성업 중이다. 지난 세월 일제시대 폭정을 이겨내고 한국전쟁 참화 속에서 빈주먹을 움켜쥐고 오늘의 대한민국 세계10위 경제대국을 만든 사람들을 요양원으로 보내는 사회에 희망이라는 게 남아 있는지 알 수가 없다. 곳곳에 들어선 요양원은 속된 말로 표현하자면 '현대판 고려장'이라는 생각이다. 더 정확히 표현을 하자면 눈치를 보며 부모를 요양원으로 안내하는 자신도 언젠가는 자식들에게 등 떠밀려 요양원으로 향하는 날이 반드시 온다는 놀라운 반복이 반드시 있을 것이다. 어찌 보면 그것이 우리가 만든 멍에일 것이다. 그런 점에서 냄새나고 추레한 노인들에게 애정의 시의 눈빛을 보내고 있는 작품들이 돋보이게 만드는 심오한 매력이 있다. 나약한 노인들에게 따스한 묘사를 하고 있는 것은 시인의 마음을 대변하고 있는 것으로 읽혀지고 있다.

비, 바람 불고 난 다음 날이면/새벽부터 절에 올라가/부처

님께 절하듯이/은행을 주웠다

- 「은행」 일부

야! 이놈 내 아들 놈아!//꽃무늬 옷 입고/경로당 잔치에 마음 뺏기는/엄마도 女子란다.

- 「엄마도 女子란다」 일부

구순이 넘어 홀로 살아간다는 건/사는 것과 죽은 것의 경계에 서서/외줄을 타는 것인가 보다/할매가 가고 난 자리에서/댕댕 종소리가 들린다

- 「늙은 종」

언제쯤 저 유리를 바꾸고 집기들을 치우고/반짝 반짝 빛나는 집을 가꿀까//봄이 오면 꽃밭을 가꾸듯/예쁜 집 만드시려나.

- 「허여사」

이제 내 손주들의 재롱도/티격태격 딸년과의 말다툼도 없다//그저 고요와 적막이 나의 친구다

- 「요양원에서 1」 일부

내가 거기 있다//누군가의 도움 없이는/생활하기 어려운 불편한 몸으로//어쩌면 그 도움이/너무나 익숙해져 무기력해진 모습으로//내가 거기 있다

- 「2015 요양원에서」

　인용된 시를 보면 노인을 바라보는 시각이 존경을 바탕으로 하고 있다. 절에 올라가서 은행을 줍는 노인이 허리를 굽히는 것이 삼천 배를 올리는 모습은 불교에서 '모든 것이 부처이다.'라는 기본 사상과 맥을 같이 하고 있다. 또

꽃무늬 옷을 입고 경로당에 가서 은근히 자랑하고 싶은 노인의 본성을 담아낸 '엄마도 여자란다'라는 이미지를 여성만이 느끼는 섬세한 감정으로 늙은 어머니의 꽃송이 같았던 시절을 상상하게 만드는 독창성이 돋보이고 있다. 작품 「늙은 종」 구순의 주인공이 죽음의 문턱에 서 있는 아쉬움을 표현하면서 또 돌아가는 모습에서 댕댕댕 종소리, 질곡했던 삶을 마치고 마지막으로 가는 상여에서 들리는 그 소리를 듣는 듯하게 만들어 슬픔을 배가 시키고 있고, 이웃으로 사는 「허여사」에게 '봄이라는 좋은 시절이 오면 빤짝빤짝 빛나는 예쁜 집을 꾸미기를 희망하는' 덕담을 보내는 묘사는 이웃사촌의 정을 느끼게 한다.

「요양원 1」과 「2015 요양원에서」에서는 같은 이미지로 꾸며진 글 같다. 벽을 바라보면서 눈에 넣어도 아프지 않을 손자의 재롱을 상상하고 딸의 잔소리를 떠올리는 이 시대 노인들의 쓸쓸한 자화상에 고개가 숙여 진다. 그것을 보면서 '나는 아니다'라고 부정을 하는 「2015 요양원에서」라는 시에서 결국에는 '내가 거기 서 있다'라고 자조적인 무기력한 독백은 읽는 이들에게 정말 남의 소리가 아닌 바로 우리 미래 모습이라는 생각을 떨쳐 버릴 수 없게 만든다. 그런 절망 속에서 현미숙 시인은 노인들을 무능력자로 생각하지 않고 천년 진객이라는 鶴으로 다음과 같이 표현을 하고 있는데 전체적인 시의 구성이 가히 완벽하다는 평가를 내리게 된다.

　점점이 학으로 변해가는 노인들이 앉아/가을볕을 쬐고 있

다/어디서 날아들었는지 모를 스티로폼 쪼가리 위에/가냘
프고 앙상한 엉덩이를 괴고 앉아/햇볕사이로 비치는 무지
개를 받아 마셔야/학으로 환생하는 것처럼/그 빛을 받아
마시려/몸을 웅크리고/헛 날갯짓을 하고 있다

– 「늙으면 학이 되는 걸까」 일부

4.

　작가에게는 자신이 살고 있는 삶의 뿌리가 작품 소재가
되는 것은 당연하다. 그것을 무시하고 글을 쓴다는 것은
자칫 근본이 없는 이야기가 될 가능성이 높다. 현미숙 시
인이 살고 있는 철원처럼 분단 상처가 깊은 곳에서는 많은
사람들이 분단 가시철조망에 찢긴 가슴으로 살고 있다. 또
실향이라는 아픔을 마음 자식들에게는 풀지 못하는 숙제
처럼, 아니면 무거운 멍에로 넘겨주고 세상을 떠나는 사람
들이 참으로 많다. 그런 것을 보고 느끼면서 생활을 하고
있는 현 詩人의 작품에서 분단의 아픔이 등장하는 것은 당
연한 일이다. 현미숙 시인의 분단 시의 소재가 된 곳은 소
이산 지뢰꽃길이다. 이 소이산 길은 2012년 '행정안전기
획부에서 추진한 우리 마을 녹색길 베스트 10'에 선정 될
정도로 인기가 많고 해마다 10월 3일에는 '지뢰꽃길 시낭
송회'가 개최되고 있다. 참고적으로 소이산에 대해서 알아
보면 아래와 같다.

　철원군 철원읍에 위치한 소이산은 해발 362m의 낮은 산
이다. 고도는 높지 않아도 소이산 정상에 서면 백마고지,
철원역, 제2땅굴, 노동당사 등이 한 눈에 들어온다. 지난
60여년 간 민간 통행이 금지되었던 군사지역으로 곳곳에

군사시설을 볼 수 있다. 해발고도가 낮기 때문에 정상까지 힘들지 않게 오를 수 있으면서도 정상에서의 전망이 빼어난 곳이다. 전쟁 이후에 지뢰지대가 설치되고, 아이러니하게도 약 60여 년 간의 민간인 출입통제로 사람의 손길이 닿지 않아 생태계와 자연환경이 잘 보존되어 있다.

현미숙 시인은 지역에서 활동하는 작가들과 이 길을 관리하는 자원봉사를 하고 있다. 처음에는 지뢰밭에 녹슨 철조망이 전부였지만 이곳에 시화를 걸고 꽃을 심는 작업을 통해 제법 알려진 길로 발전을 하고 있는 중이다. 이 길에서 호미를 쥐고 풀을 뽑는 과정에서 느낀 것을 시로 풀어내고 있는데 눈여겨 볼만하다.

> 딸그락 호미에 걸린 총알에/육십 년 세월이 딸려 나온다//
> 지뢰와 총알이 살아 꿈틀대는 날이다.
> — 「총알 캔 날」 일부

> 아이들 웃음소리는 노래가 되고/꽃과 단풍은 시가 되고/
> 바람마저/억새의 손을 빌어 시를 쓴다.
> — 「지뢰 꽃길 시 낭송회」 일부

> 뒷동산 능선의 철책 너머엔/누가 살고 있을까//늑대일까/
> 이리일까
> — 「정연리에서」 일부

> 소이산 작은 숲/나무 하나를 꽁꽁 동여맨 철조망/나무는
> 아프다고, 아프다고/윙윙 신음소리 가득 채웠지
> — 「나무」 일부

> 그렇게 육십 년 하고 조금 더 세월이 지난 지금/알콩달콩

지뢰들이 모여 대가족을 이루었다네/노루며 고라니며, 이
름을 알 수 없는 꽃이며 새들이 모여/언제든 숨을 수 있는
안식처로 바뀌었다네

　　　　　　　　　　　　　　　　　　　－「지뢰꽃 길」 일부

나도 너처럼 불안한 지뢰/움켜쥐고 있단다.

　　　　　　　　　　　　　　　　　　－「지뢰밭 아카시아」 일부

「총알 캔 날」을 읽으면 갑자기 섬뜩해 진다. 호미로 감자
나 고구마를 캐는 것이 아니라 총알이 나온다는 것은 접경
지역에서만 벌어지는 일이다. 효시인이 호미질을 하는 곳
은 한국전쟁이 가장 치열하게 벌어진 자리이다. 수많은 청
춘들이 영혼을 땅에 묻었던 곳이다. 땅에 묻힐 때는 그들
이 가지고 있던 소지품도 따라 들어갔을 것이다. 누군가가
쥐고 있었던 총에 붙어 있었던 총알이 딸그락 나와 살아서
꿈틀대며 무슨 이야기를 들려 줬을까 궁금해지기도 하다.
언제나 죽은 자는 말이 없는 법이지만 이 시를 통해서 꽃
다운 영혼들의 통곡이 들리는 듯하다. 그런 통곡은 나무
하나를 동여맨 철조망에서 '아프다고 아프다'고 전하고 있
다. 이 신음은 철조망을 감고 사는 나무의 소리일 수도 있
지만 무장 평화 위에 사는 우리 모두의 고백일 수도 있다
는 생각이다. 그렇게 우리를 힘들게 하는 분단의 끝자락인
정연리에서 철책 너머에 사는 불온한 것으로 늑대와 이리
를 끌어내는 것은 우리 머릿속에 남아 있는 반공 교육의
잔재일 것이다. 그런 안타까운 생각을 집약적으로 결정체
를 내 놓은 것이 지뢰를 움켜쥐고 자란 아카시아를 보고(터
지면 나무뿌리가 토막토막 끊어져야 하는 상황) 시인 자신도 불안한 지

뢰를 움켜쥐고 살고 있다는 것으로 동일시 시키는 힘이 있다. 그렇다고 절망이 전부는 아닌 것이다. 항상 하는 이야기이지만 철원 사람들이 피난을 나올 때 도로에 널린 사람들 주검을 밟고 남쪽으로 향하였고 또 수복 이후에는 지뢰가 묻힌 땅을 미제 라디오 부속품으로 만든 조잡한 탐지기로 개간을 했었다. 그게 이웃들이 살기 위해, 오르지 살아남기 위한 최선의 선택이었다. 그런 노력으로 다시 희망을 만들어내는 것은 '지뢰꽃길에서 아이들 웃음소리는 노래가 되고, 꽃과 단풍이 시가 되고, 지뢰 위에서 자라고 있는 억새들도 손을 빌어 시를 쓰는' 평화가 조화를 이룬다. 그런 구체적인 형상이 '지뢰들이 대가족을 이루었고, 노루고라니 꽃들의 안식처'로 변하고 있다는 메시지를 전하고 있는데 이것은 철원 시인만 노래할 수 있는 특권이라는 판단이다.

5.

많은 사람들이 예술을 이야기 할 때 자신의 고정관념의 잣대로 평가를 한다. 수많은 변수가 존재하는 시대에 자신의 관념이 언제나 옳은 것은 아니지만 우물 안에 개구리처럼 자기에게 보이는 것이 하늘이고 전부인 것처럼 착각을 하고 있다. 그런 오류는 다양한 안목이 필요한 문학에도 등장을 하고 있지만 그것도 비난을 할 일은 아니다. 왜냐하면 인류 최고 명작으로 꼽히는 모나리자도 예외 없이 지적질을 당하고 있기 때문이다. 모나리자를 두고 후세 사람들이 '눈썹이 없다는 이유로' 미완성이라는 평을 하고 있다. 그러나 이 그림을 보면 명암 기법으로 얼굴 표정의 묘사가 신기神技에 가까워 그 신비스러운 미소를 범접할 수 없는 수준이다. 그런 것은 보지 않고 눈썹이 없다는 트집을 잡는 것은 '예술이 경계가 없다'는 점을 무시한 처사이다. 눈썹이 없어도 신비감이 있다면 굳이 그릴 필요가 없기 때문이다. 모나리자 눈썹 논란과 같은 일은 미술에 한정되는 것이 아니라 문학에도 존재한다. 일부 평론가들이 남의 시를 보고 '모던하지 못하다는 타령' '시적 구조가 부족하다는 지적' 등으로 딴지를 잡으려는 행동 또한 '객관적 오류를 범하고 있는지' 되돌아 봤으면 한다. 글을 창작한 사람이 필요해서 자르고 단순화를 했다는 생각을 하지 않고 구멍 난 문으로 하늘을 보는 기준으로 이러쿵저러쿵 입방아를 찧는 것은 예술을 망치는 지름길이다. 그런 관계로 우리 문단에는 암호를 푸는 것처럼 어렵고 난해한 시들이 등장을 하고 격에 넘는 대접을 받고 있다. 그런데 문제는 문학이 독자들에게 이르지 못하고 자기들만의 리그로 전락을 한다는 점이다. 결국 사람들이 책을 안 읽는다고 푸념을 하기 전에 우리는 책에 주인인 독자들에게 편안한 글을 쓰고 있는지 반성을 해야 한다. 즉 쉽고 정돈된 글을 독자들이 원하고 있다는 결론으로 현미숙 시인의 글은 그런 조건에 딱 맞아 많은 사람들에게 환영을 받을 것으로 기대된다. 특히 이미지를 단순화해서 그림을 그리듯 완성된 작품들은 오랫동안 가슴에 남게 하는 힘이 있다.

> 낮달은 푸르게 변하고/분 냄새 나는 샛별 사이로/까마귀
> 한 마리 날아올랐다.
> —「소문이 무성하다」 일부

뿌듯함으로 윤결이에게/자랑을 했었네//어느새 다 큰 강아지 내게 하는 말//다람쥐 먹이 주워 오지마

- 「도토리 1」 일부

세상에서 가장 아름다운 꽃이 소풍을 간다/강아지 같이 복슬복슬한 고것이/살랑살랑 내 마음을 흔들고/김밥 돌돌 말아/가방에 지고는/달랑 달랑 간다/꽃내음 맡으며/달캉 달캉 나도 따라 간다.

- 「승희 소풍가는 날」 전문

네모 틀 안에서/가장 단정한 모습으로/이 세상의 문을 닫고/다른 세상의 문을 연다

- 「다른 세상의 문을 연 그 남자를 기억하자」 일부

원래 그곳에서 식용으로 살았어야 옳은지/지금 그 사각의 틀에서 아주 오래 그렇게 살아야 하는지//정답은 없다/나의 하루처럼

- 「어떤 날」 일부

동송 오일장엔/검정비닐 속 생선 아닌/사내의 눈웃음이 있다//아! 사람 냄새 참 좋다.

- 「동송 오일장」 일부

바다가 무얼 품고 있을지 몰라/울렁울렁 거린다.//나도 내가 무얼 품고 있을지 몰라/같이 일렁거린다.

- 「바다야」

 작가에게 문학은 잃어버린 자신 찾기이다. 존재감조차 자꾸만 희미해지는 시기에 우연히 거울에 비친 낯선 모습에서 소스라치게 놀라면서 연민을 보내야 하는 것이 문학일 것이다. 그런 허망함을 넘어서 문학이라는 이름을 빌어

서 주변에 나약하고 힘이 없는 것에 생명을 불어 넣는다. 또 이름 없는 사람들에게 친근한 생명력을 갖게 하는 소통의 도구이기도 하다. 그런 부단한 작업을 시인은 글로 남기고 또 기록을 하고 있다. 현미숙 시인의 글을 보면 자신을 내세우지 않고 조용한 구경꾼 같이 주변을 돌아보는 묘한 능력이 있다. 「토토리 1」에서 힘들게 모아 온 도토리를 딸에게 자랑을 하려는데 '잡고 예쁘면서 작은 입을 오물거리는 도토리 겨울 먹이이니까 주워 오지마'라고 이야기 하는 내용에서는 잘 키운 딸을 발견할 수 있다. 또 「승희 소풍 가는 날」에서는 '세상에서 가장 아름다운 꽃향기를 맡으며 같이 따라 나서는 엄마의 마음'이 사실적으로 표현되어서 독자들도 소풍 길에 나서는 공감을 이끌어 내는 秀作이다. 그리고 「소문이 무성하다」「다른 세상의 문을 연 그 남자를 기억하자」에서는 주변에서 볼 수 있는 죽음을 묘사한 것으로 보인데 절망적이지 않은 것이 특징이다. 죽음 뒤에 세상이 있는지 없는지를 두고 역사 교과서는 '내세 사상' '현세 사상'이라고 분류를 하지만 현미숙 시인은 '분내 나는 별빛 사이로 불새처럼 날아오르는 까마귀' '다른 세상을 문을 연다'는 표현으로 우리의 모든 인연이 이 세상에서 끝나지 않고 다음 세계로 이어지고 있다는 아니 꼭 이어져야 한다는 간절함을 바라는 것 같다. 그래야만 「어떤 날」에서의 '정답이 없는 나'와 '무엇을 품고 있는지 모르는 내가' 「동송 오일장」에서처럼 냄새가 좋은 사람으로 다시 올지 모르기 때문이다.

6.

　문예창작 현장에서 문학 지망생들을 지도하다 보면 '무엇을 써야 하나요?'라는 질문을 참으로 많이 받는다. 글이라는 것이 어떤 때는 샘솟듯이 하다가도 갑자기 막히면 아무 생각이 나지 않는 경우가 많다는 것은 누구나 경험한 일일 것이다. 그렇게 사방팔방 벽에 가로막힌 것 같은 답답함을 해결해 주는 것이 지난 일 즉 경험 또는 추억이다. 지난 경험이 좋은 점을 누구나 어느 정도 공감할 수 있는 부분이 있다는 점이다. 삶이라는 것이 비슷하기 때문에 내 경험이 다른 사람 경험이 되는 경우가 많다. 이런 경험을 글로 쓰는 것은 생각보다 쉽게 창작이 된다. 단점은 곶감 빼먹듯이 하다가는 그것도 없어져 버린다는 것이다. 비록 그렇게 된다고 해도 경험은 좋은 글쓰기 소재 창고가 된다. 경험을 다른 말로 하면 추억이라고 부를 수 있는데 사람이 살아오면서 가장 추억을 많이 남기는 것이 가족일 것이다. 따라서 가족은 글쟁이에게는 영원한 글감이 될 것이다. 이런 소리를 하면 최신 이론으로 무장을 한 작가들은 '냄새가 난다' '고리타분하다'는 지적이 있겠지만 남의 글에 자신의 잣대를 내세우는 것은 속된 말로 남의 잔치에 감 놔라 배 놔라 하는 꼴과 진배없다. 가족이 소중하지 않은 사람은 가족도 못 알아보는 모던한 글을 쓰면 될 것이지만... 현미숙 시인에게 가족은 문학의 뿌리이면서 줄기라는 점에서 무엇과도 바꿀 수 없는 소중한 보물일 것이다. 그런 시편들을 찾아 보면서 시인이 남기고자 하는 것이 무엇인지 같이 확인을 해 본다.

내 아버지 허리에 머리를 묻으면/온 몸으로 퍼지던 달큰한 향//오늘 소이산에서 주운 산을 품은 다래에서/자꾸만 아버지 목소리가 들린다// "많이 먹으면 혓바닥 갈라진다."

- 「다래」 일부

아버지,/당신 계신 곳도 꽃들이 피었나요/아랫집 이주일 씨 와는 소주 한 잔 하셨나요

- 「사과 꽃이 필 때」 일부

쑥국쑥국 나를 따라다니던 산새/엄마 없다 엄마 없다/파란하늘 향해 울어댄다.

- 「그 곳 고향」 일부

풀썩이는 흙먼지에/마른기침이 나고/고구마 한 고랑/옥수수 한 포기 심을 때마다/자꾸만 자꾸만/엄마가 나를 따라 다닌다

- 「엄마의 밭」 일부

그 집에서 삼년을 살고 아버지는 새집을 마련하셨다/잠깐 쉬었다 가실 집을 그렇게 평생 지으시다니/아버지의 집이 골프장 공사로 무너지던 날/우리 오남매의 가슴엔 집이 한 채씩 들어앉았다.

- 「집」 일부

오늘은 실전의 날/아침 안개 뒤로 비치는/해님 등지고 배 번을 단다/일만 오백칠십 번

- 「말아톤」 일부

너무 일찍 객지로 간 오빠/가방에 딸려온 그 남자를 만났지//사립문 옆에 쪼그리고 앉아/해 가는 줄도 모르고/물방울이 된 인어를 만나고/성냥팔이 소녀를 만나고/미운오리 새끼를 만나고...

- 「그 남자 안데르센」 일부

위의 글들에는 현미숙 시인의 가족들이 등장을 한다. 우선 다래를 따오던 허리에 얼굴을 묻으면 숨을 턱 막히게 하던 달큰한 다래향을 소이산 자락에서 발견하고 아버지의 음성을 듣는 묘사는 시의 경지가 녹녹치 않은 실력임을 보여주고 있다. 그렇게 부지런하고 세상에 내놓아도 자랑스럽던 아버지가 평생 지으신 집에서 잠깐 쉬었다가 하늘나라로 가시고 난 뒤에 골프장이 들어서서 무너지는데 오남매가 그 집을 잊지 못하는 안타까움을 '가슴에 집이 한 채씩 들어앉았다'로 표현하고 있다. 또 사과꽃이 만발하게 핀 날 아버지가 하늘나라에서 생전에 아랫집에 살던 사람을 만나 약주 한잔 기울였으면 좋겠다는 딸자식의 사부곡이 절절하게 들리는 듯하게 만든다. 또 작고하신 어머니가 평생을 가꾸던 밭에서 일을 하는 현미숙 시인은 산새의 쏙국쏙국 울음을 빌어 자신의 그리움을 노래하고 있는데 '쏙국쏙국=엄마없다 엄마없다'라는 리듬이 잘 어우러지고 있어서 뛰어난 리듬감의 소유자임을 알게 한다. 또 풀썩이는 흙먼지 나는 밭에서 어머니가 심어서 보냈던 고구마 옥수수를 떠올리면서 '얼마나 힘들었을까=엄마가 자꾸만 따라다닌다'라는 일치되는 묘사를 통해 그리운 마음을 담아내고 있다. 그리고 자폐증 주인공이 마라톤을 완주한다는 내용의 영화 제목에서 따온 '말아톤'에서는 남편에게 보내는 격려의 목소리가 들리고「그 남자 안데르센」에서는 오빠가 놓고 간 동화책을 통해 인어공주, 성냥팔이 소녀, 미운 오리 새끼 등을 만나서 미래의 작가를 꿈꾸고 있음을 암시하고 있다. 어쩌면 동화책을 펼쳐들고 '사립문에 기대고 앉아 해가는 줄 모르던' 기억이 현미숙 시인을 태어나게 만든 힘이었을 것이라는 상상을 하게 된다. 이 모든 기억과 경험, 완성은 특출 난 작품을 통해서 만들어 지는데 본인은 시집 제목이 된 「싸리꽃」과 「들판에서」를 손꼽고 싶다. 언제나 좋은 작품은 알아듣기 좋으면서 슬쩍 가슴을 흔드는 묘한 매력이 있다. 그런 것을 전제로 하고 두 작품을 소개 한다.

> 보라꽃이 무언가 자세히 들여다봅니다
> 어디선가 본 듯
> 아스라한 기억 속에서
> 아버지가 대답합니다
>
> "싸리 꺾어다 말려 두었다
> 겨울에 틀어서
> 종댕이도 만들고 삼태기 빗자루도
> 만들어야지
> 얘들아 얼른 날라라"
>
> 그렇게 싸리나무는 아버지 겨울 일이었지요.
> 화롯가에 앉아 겨우내 만들던 아버지 표
> 씨앗 뿌리던 종댕이, 소 키우던 삼태기
> 싸리비는 우리 집 마당 청소부였지요
>
> 한참을 들여다보니
> 아버지가 보라색 싸리꽃 속에서 웃고 있습니다.
> — 「싸리꽃」 전문

> 두루미 두 마리
> 들판에 서 있다
>
> 비어있던
> 들판이 가득 찼다.
> — 「들판에서」 전문

좋은 글에서는 더할 것도 없고 뺄 것도 없는 불가사의한 구조를 갖고 있다. 이것을 그림에서는 황금분할이라고 하지만 시에서는 그렇게 도형화를 하지 않고 읽고 난 뒤에 남는 잔영으로 평가를 한다. 그런 의미에서 「싸리꽃」에서는 세상을 아주 열심히 사는 아버지의 영상이 떠오른다. 싸리를 꺾어다가 씨앗 뿌리던 종댕이, 소 키우던 삼태기, 싸리비를 화롯가에 앉아서 엮고 있는 모습은 평생 잊지 못할 보석 같은 추억일 것이다. 이런 경험은 현미숙 시인의 개인 것이 아니라 그 시절 가난하게 살았지만 '화로 위에서 보글보글 끓는 된장 뚝배기 하나만 있어도 행복했던 사람들 모두에게 공감하게 만드는 좋은 시'의 전형이다. 그리고 마지막 작품은 현미숙 시인의 숨겨진 내공을 느끼게 하는 작품이다. 추수가 끝난 철원 들판은 황량하다. 녹슨 철조망을 사이에 두고 서로에게 따스한 눈길을 보낼 수 없는 접경지역 들판에 언제 날아와서 서 있는 두루미 두 마리는 마치 다정하게 서 있어야 할 남과 북을 형상화 한 것으로 보인다. 그게 날아오자 빈 들판이 꽉 찬 느낌을 갖는 것은 시의 압축 내공이 만만치 않다는 것을 증명하는 것으로 앞으로 더 좋은 작품이 탄생할 것이라는 기대감을 높인다.

마지막으로 더 많은 정진을 통해 좋은 작품을 많이 쓰기를 기대하며 첫 시집 『싸리꽃』 출판을 축하드린다.

2020, 초가을